İtaatkâr Kütüphaneci

ve diğer hikayeler

Erika Sanders

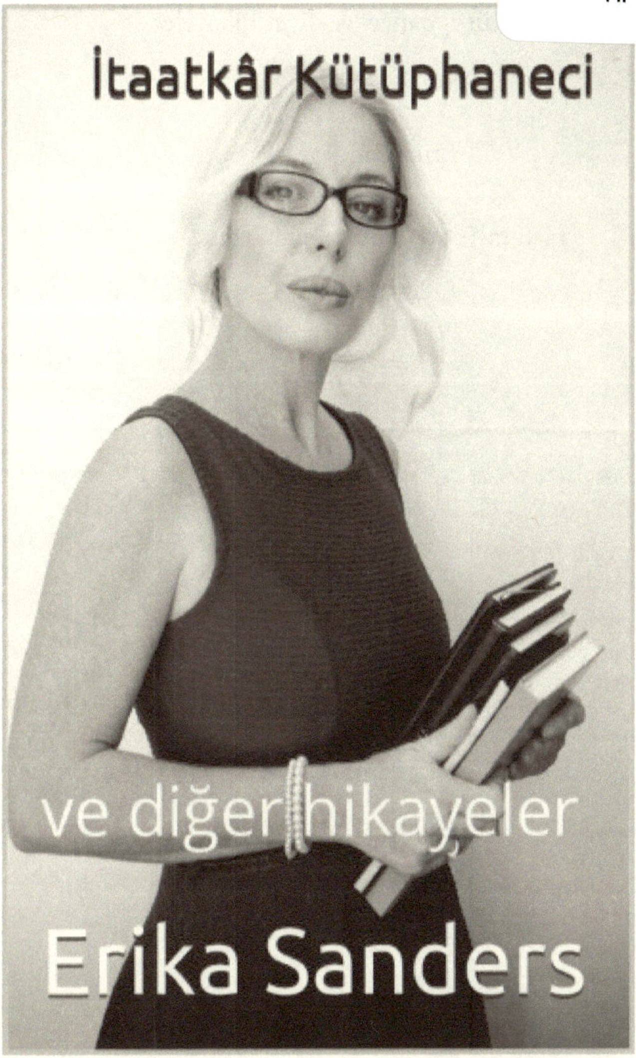

İtaatkâr Kütüphaneci ve diğer hikayeler

Erika Sanders
Seri
Hakimiyet ve erotik boyun eğme

@Erika Sanders, 2023

Öne çıkan görsel: @ Tawny Nina Botha - Pixabay, 2023

İlk baskı: 2023

Her hakkı saklıdır. Telif hakkı sahibinin açık izni olmadan eserin tamamen veya kısmen çoğaltılması yasaktır.

özet

İtaatkar Kütüphaneci , güçlü erotik BDSM içeriğine sahip bir roman ve buna karşılık, yüksek romantik ve erotik BDSM içeriğine sahip bir roman serisi olan Erotik Hakimiyet koleksiyonuna ait yeni bir romandır.
   (Tüm karakterler 18 yaş ve üzeridir)

Yazar hakkında not:

Erika Sanders, yirmiden fazla dile çevrilmiş, her zamanki düzyazısından uzak, en erotik yazılarına kızlık soyadıyla imza atan, uluslararası tanınmış bir yazardır.

Dizin:

İTAATKÂR KÜTÜPHANECİ VE DİĞER HİKAYELER
ERIKA SANDERS

İTAATKÂR KÜTÜPHANECİ

"Bayan, bana erotik kitapların yerini gösterme nezaketini gösterir misiniz?" dedi arkamdan bir erkek sesi.

Dondum, parmaklarım bilgisayarımın klavyesine sabitlendi.

Bir an gözlerimi kapattım ve yutkundum.

İçimdeki alt kasların gerildiğini hissettim.

Sutyenimin satenine karşı göğüs uçlarımın sertleştiğini hissettim.

Bu onun sözleri değildi, onun sesiydi.

Bana yaptığı da buydu.

Şimdi susmuş olmasına rağmen onu dinlemeye devam ettim ve bu bende çok ihtiyaç duyulan özgürleşme arzusunu uyandırdı.

Çok pürüzsüzdü.

Her derde deva olan beyaz çikolatalı yermantarları gibi boğazımdan aşağı kayıyor.

Derin, tıpkı benim...

Nefes aldım, yavaş yavaş nefesimi bıraktım, dengemi korumaya çalışırken parmaklarım kıvrılıyordu.

"Size yardımcı olmaktan memnuniyet duyarım efendim."

Yumuşak ama duyulabilir bir nefes aldım ve belirgin bir inilti çıkardım.

Arkamı döndüğümde kendi keskin nefesimi duydum.

Resepsiyonun diğer tarafında duruyordu, güneş gözlüğü hâlâ takılıydı ve sert dudakları hafifçe titriyordu.

Gülümsemek istediğimi fark ettim.

Gözlerimle kırmızı bıyığının ve keçi sakalının çizgilerini takip ettim, harekete direnmeye çalışırken dilim alt dudağımı yalamak için dışarı fırladı.

"Erotik kitaplar mı, bayan?"

Kafasından hangi fikirlerin geçtiğini hayal ederek gözlerimi kaldırdım.

"Evet efendim bu taraftan."

Tezgahın etrafında yürüdüm, dizlerim biraz titriyordu.

Dengemi yeniden kazanmak için durdum ve bugün siyah topuklu ayakkabı giydiğim için kendime küfrettim.

Merdivenlerden alt kata inmek cehennem olurdu.

Referans bölümüne doğru yürürken arkamda vücudunun sıcaklığını hissettim.

Ellerimi yanlarıma sabitleyerek ona ulaşmak istedim.

Onun arkasında hak ettiğim yerde olmayı, bana rehberlik etmesine izin vermeyi istiyordum.

Ama mesleki soğukkanlılığımı korudum ve ansiklopedi rafları arasında yolumuza devam ettim.

Aşağıdaki kata açılan girişe vardığımızda, "Önce bayanlar" dedi.

Görmeyeceğini bildiğim için gözlerimi devirdim.

Ama bir yanım öyle olmasını diliyordu.

Kıkırdamamı bastırıp tırabzanı tuttum ve yavaş inişe geçtim.

İstediğim zaman kötü bir kız olabilirdim.

"Aradığınız özel bir şey mi vardı efendim?"

"Erotik aşk bölümü. Aradığım ismi bir kağıda yazdım. Bakalım bulabilecek miyim?"

Topuğumun dar metal basamakların kenarına iki kez takılmasına rağmen kazasız bir şekilde dibe ulaşmıştık.

"Yeni mi, kullanılmış mı, efendim? Yeni ciltsiz kitapların geri kalanı da burada saklanıyor. Onları birkaç ay üst katta tutacağız."

"Yeni, daha iyi."

"O halde bu tarafa gitmemiz gerekir," dedim sola dönüp loş bir koridora doğru yürürken, kalp atışlarım her adımda artıyor.

Beni takip ederken nefesi daha da sıklaştı.

Ayakkabılarımız bodrum katında tıkırdıyor, etrafımızdaki kitap raflarının sesi boğuk çıkıyordu.

Üstümüzde bir ışık mırıldanıp titreşiyordu.

Arızalı ampulü bildirmeyi aklımın bir köşesine not ettim.

"Kitabın adı neydi?"

"Notumu bulamıyorum. Ama yazar E ile başlıyor ve soyadı Sanders, Erika mı? Başlığı görseydim bilirdim."

Odanın diğer tarafındaki rafları işaret ettim.

"O halde oradan başlamak daha iyi olabilir."

"Sen kaçırdıktan sonra."

Doğru bölüme yaklaştığımızda elini belimde hissettim.

İnlemek istediğim için gözlerimi kısa bir süreliğine kapattım.

Daha bu sabah erken olmasına rağmen dokunuşunu hissetmeyeli uzun zaman olmuş gibi görünüyordu.

Gömleğimin içinden teninin benimkini yakan sıcaklığını hissedebiliyordum.

"Bana bir ipucu verirsen bakmana yardım edebilirim. Belki bir kelime?"

"Seks. Sanırım bunun seksle bir ilgisi vardı."

Sesi kulağıma doğru alçak bir fısıltı halindeydi.

Sonra kendini bana bastırdı ve beni koridorun sonundaki küçük masaya doğru itti.

Daha fazla ilerleyemediğimde belimdeki baskıyı arttırıp beni öne doğru eğdi.

"Ama okumaya olan ilgim şu anda azalıyor. Bunu deneyimlemeyi tercih ederim."

Kendimi toparlamak için masanın kenarını tutarak nefesimi tuttum.

Göğüslerim soğuk, sert tavana çarptı.

Arkamdan yavaşça bana sürtünürken pantolonunun ve eteğimin üzerinden uyarıldığını hissettiğimde inledim.

Eli daha da güneye kayarak kıçımı okşarken yutkundum.

Eteğe yapışmak.

Külotumu dizlerime kadar çekiyorum.

Parmakları amıma dokunup şişmiş dudaklarımın arasına bastırdığında yüksek sesle inledim.

" Şşşt "

Beni o kadar yavaş okşamaya devam etti ki bu çıldırtıcıydı.

Diğer eli saçlarımla oynuyor, bu sabah özenle yerleştirdiği topuzu gevşetiyordu.

Alt dudağımı ısırıp yanağımı masaya yasladım.

Eli bacaklarımın arasından kaybolduğunda tekrar inledim.

"Uslu bir kız ol. Kıpırdama."

Kemerini çözdüğünü ve pantolonunun fermuarını açtığını duydum.

Muhtemelen sikini boxerının sınırlarından kurtarırken yumuşak iç çekişini duydum.

Kendi kalbimin çılgınca atışını kulaklarımda duydum.

"Unutmayın hanımefendi, bir kütüphanedeyiz. Yüksek ses çıkarma konusunda katı kurallar olduğunu duymuştum. Ve bu kuralları çiğnemenin cezası... eh, eminim insan olmanın görevlerinin ne olduğunun farkındasınızdır." bir kütüphaneci ve bunların hepsi." ".

Parmakları yine amımı okşadı.

Ama bir şeyler doğru değildi.

O da iki eliyle kalçalarımı tutuyordu.

Beni orada ovuşturan şeyin onun aleti olduğunu fark ettiğimde sevinçle inledim.

Çıplak popoma çarptığında yüksek bir çatırtı çınladı, sıçramama ve çığlık atmama neden oldu.

"Sana bir soru sordum hanımefendi."

"B-ben özür dilerim efendim."

"Heyecanlı mısın?"

"Evet efendim."

İleriye doğru bastırdı, kalçalarını ileri geri sallarken aleti hafifçe delip geçiyordu.

Külotum hala dizlerimi birbirine bastırırken bacaklarımı olabildiğince geniş açtım .

Tamamen içime girdiğinde elini belime doğru hareket ettirdi.

Dağınık saçlarımı diğer eline doladı ve çekti.

Çığlık attım ve soğuk gri duvara baktım.

İçimde o kadar büyüktü ki, beni sonuna kadar genişletiyordu.

Yavaşça içeri girip çıkarken nefes nefeseydi.

Kıçıma bir kez daha tokat attı ve sonra beni tekrar masanın üzerine eğdi.

"Bu iyi bir kız. Hoş ve sıkı. Çok ıslak. Efendin onları nasıl da seviyor."

İnledim, bedenim beni doruğa çıkarması için ona yalvarıyordu.

Bir kez daha onun ritmine uyarak ona doğru sallandım.

Bu bana bir darbe daha kazandırdı.

"Kıpırdama Ufaklık. Seninle dalga geçiyorum. Daha sonra şansın olacak. Ve çeneni kapat."

Gürültü yapmamaya çalıştım.

Çok denedim.

Kütüphanede başka insanların da olduğunu biliyordum ama genellikle kimse bodruma inmezdi.

Ama birinin burada dolaşacağı onca gün arasında bugün, o gün olabilir.

İçimde saklı bir yerlerde saklı olan o teşhircilik duygusunu kucaklayabilmemi diledim .

Ancak içeri dalıp dışarı çıkıp saçımı çektiğinde inlemeden ve nefesimin kesilmesinden kendimi alamadım.

Bana vurmaya karar verdiğinde çığlık attı.

Beni birkaç dakika boyunca becerdi.

Çok iyi hissettirdi.

Ancak bu açıda orgazma ulaşamadı.

Ve o bunu biliyordu.

Hala saçlarımı tutarak sırtımı bıraktı ve kıçıma tokat attı.

Güçlü.

Sorurken sesi tısladı:

"Bu hoşuna gitti mi bebeğim?"

diye homurdandım.

"Evet efendim! Sert hoşuma gidiyor"

"Evet, ne oldu ufaklık?"

Yine bana çarptı.

Eli çıplak tenime dokunurken çıkan keskin sesler ve kısa süreli acı, çığlıklarımla yarışıyordu.

Özellikle de büyük sikini amımın içine itmeye devam ederken.

Düşünemedim.

konuşamadım.

"Bekliyorum."

Başka bir darbe.

"Eğer seversem!" Nefesim kesildi.

"İyi bir kız."

Serbest eli altıma kaydı ve klitorisimi okşadı.

Bedenim sarsılırken çığlık attım.

Ama yeterli zaman değildi.

Eli kayboldu ve aniden tamamen geri çekildi.

"Kalk Küçük Olan ve arkanı dön."

İtaat ederken bacaklarım uyuşmuştu.

Bir anlığına kıçımı masaya yasladım ama hemen yüzümü buruşturarak tekrar ayağa kalktım .

Birkaç saat oturabileceğimi sanmıyordum.

"Kıyafetlerini çıkar."

Ağzımı açtım ama onun başını eğip güneş gözlüğünün çerçevesinden bana baktığını görünce kapattım.

Eteğimin fermuarını açtım ve bu sırada külotumu da aşağı doğru kaydırdım.

Bluzumun düğmelerini açtım, çıkardım ve sutyenimi yerde büyüyen yığının üzerine ekledim.

Dudaklarında bir gülümsemeyle bana baktı, tenimi her ortaya çıkardığımda dilini dışarı çıkarıyordu.

Daha sonra kravatını gevşetti ve bıraktı.

Parmağını havada döndürdü.

Bir kez daha arkamı döndüm.

Sessizce ellerimi tuttu, arkamdan çekti ve kravatıyla bağladı.

Sonra omzuma bastırdı ve tekrar onunla yüz yüze geldim.

"Arkaya yaslan."

Alt dudağımı ısırdım ama itaat ettim.

Özellikle masanın kenarının morarmış kaslarıma batması nedeniyle kıçım hâlâ çok ağrıyordu.

Ve şimdi ellerim de arkamdan bağlı olduğundan onları vücudumu desteklemek için kullanamıyordum.

"Bacaklarını aç. Aferin kız."

Diğer eliyle amımı kapatmadan önce beni dengelemek için sol elini sağ omzuma koydu.

İki parmağı şişmiş dudaklarımın arasına bastırıp klitorisimi ovaladığında gözlerimi kapattım.

Başımı geriye atıp ondan uzaklaşıp arkamdaki duvara doğru yürüdüm.

Bacaklarımı daha da ayırmaya zorladı ve parmaklarının daha derin okşaması için amımı kaldırdı.

Acıyı tamamen unuttum.

Ve eğer biri bizi yakalarsa ne kadar savunmasız olurdum.

Tek düşünebildiğim o uçuruma ulaşmak ve ardından kafa üstü düşmekti.

Tırmanıyordu, tırmanıyordu ve tırmanıyordu... ben başımı sallarken inliyordu.

"Ah, ufaklık. Sana sessiz olma konusunda ne demiştim?"

Elini çekip beni ayağa kaldırdığında nefesim kesildi.

"Diz çök."

Dizlerimin üstüne çökmeme yardım ettiğinde inledim.

Ellerim ağrıyan kalçamın üzerindeydi.

Kravatının kenarları uyluklarıma değiyordu.

Dokunuşunun acısını, ellerinin olduğu yerde tenimin sıcaklığını hâlâ hissedebiliyordum.

Amım şu an orada olan boşluktan dolayı kasılmıştı.

"Ağzını aç."

Başımı geriye yaslayıp çenemi düşürdüm.

"İyi bir kız."

Bir süre parmaklarının tersiyle yanağımı okşadı.

Sonra başparmağını ağzıma soktu, dilimle ıslattı ve parmağını alt dudağımın üzerine sürttü.

"Çok hoşsunuz leydim. Kızım."

Bununla birlikte horozunu kaldırdı ve başparmağını horozunun başıyla değiştirdi.

"Yala onu."

Dilimi dışarı çıkardım ve ucunu tükürüğümle kapattım.

Aletini ileri geri ve dudaklarımın çevresini ovuşturdu.

Ve sonra inledim.

"Şimdi, çıkardığın bu seslerle ne yapacağım?"

Çenemi avuçladı, beni daha geniş açmak için nazikçe çekti ve sonra aletini dilimin üzerine oturana kadar ağzıma kaydırdı.

"Evet, bu çeneni kapatmanı sağlayabilir."

Gözlerimi kırpıştırdım ama gözlerimi onun yüzünde tuttum.

Gülümsemesinde gözlüklerindeki yansımamı görebiliyordum ve tekrar inledim.

Aletini ağzımın derinliklerine doğru iterek öğürmemi sağladı.

Yavaşça geri çekildi ve sonra tekrar girdi.

Tekrar tekrar ağzımı doldurdu, sert cildi ıslak dudaklarıma sürtüyordu.

Tamamen çıkardı ve aletini birkaç kez dudaklarıma çarptı.

"Derin bir nefes al."

Ağzımı kapattım ve yutkundum, artık dilimde kendi sıvılarımın ve onun precumunun tadını aldım ve sonra tekrar açtım.

"Ne kadar iyi bir kız."

Elleri başımın her iki yanında olacak şekilde aletini tekrar ağzıma kaydırmaya başladı.

Sonra kalçalarını ileri geri hareket ettirerek sanki amımı sikmiş gibi ağzımı sikti.

Birkaç uzun dakika boyunca devam etti; artık tek eliyle saçımı tutup başımı geriye doğru tuttu.

Zaman zaman bana sadece tepeyi emmemi ya da yalamamı söylerdi.

Ve bazen dururdu, aletini o kadar derine gömerdi ki boğazımda hissedebiliyordum ve toplarını çenemde hissedebiliyordum, erkekliğinin baharatlı kokusu burnumu istila ediyordu.

Uzanıp meme ucumu sıktı ya da birkaç kez göğsümü okşadı ama asla çok uzun süre oyalanmadı, her zaman ağzımı arzu ettiğim derinlikte ve hızda sikiyle doldurdu.

Sızlandım ve sızlandım ama çıkardığım sesler artık boğuktu.

Ve bu arada cesaretlendirici sözler fısıldadı.

"Bu senin efendinin iyi kızı. Tanrım, ağzını sikime dolamak öyle güzel bir duygu ki. Evet bebeğim. Aynen öyle. Mmmm. Böyle devam et."

Bütün bu hareketimle birlikte gözlüğüm burnumdan aşağı kaydı.

"Bana bak Minik. Ah bebeğim, bu kadar ateşlisin. Sikim ağzında , gözlerin üzerimde. O kadar çaresizsin ki, benim insafına kalmışsın. Ve o gözlükler. Ah, kahretsin!"

Beni birkaç kez daha becerdi ve sonra sıcak sperminin boğazıma çarptığını hissettim.

Başımı sabit tuttu, aletini dilime ve ağzımın çatısına bastırdı.

Bitirdiğinde şunları söyledi:

"Yala. Temiz bırak bebeğim."

Ellerimi kullanmadan elimden gelenin en iyisini yaptım.

"Bu benim iyi kızım."

Memnun olana kadar saçlarımı okşadı.

Ayağa kalkmama yardım etti ve beni masaya oturttu.

Ben tepki veremeden elini amımın içine daldırdı ve ağzımı kendi eliyle kapatarak şaşkınlık çığlığımı susturdu.

Diğer eli göğüslerimden birini kapladı ve sonunda avucunun altındaki ağrıyan göğüs ucumu okşadı.

Nefes almama izin verirken, "Efendin adına boşal bebeğim," diye fısıldadı.

Sonra beni tekrar öpüyordu, dilini benimkine doğru bastırırken aynı zamanda parmakları klitorisimle oynuyordu.

Bu sefer o uçuruma tırmandım ve sonunda düştüm, bedenim uçurumun altında titriyordu.

Çığlıklarımı yuttu, vücudu benimkini kapladı, altında hareketsiz kalana kadar beni masaya ve duvara bastırdı.

Geri adım atıp aletini cebine atıp kıyafetlerini düzeltirken gözlerimi kırpıştırdım.

Tekrar ayağa kalkmama yardım etti ve bileklerimi çözdü.

"Giyin ufaklık. Saçını düzelt."

Şaşkınlıkla yerden kıyafetlerimi aldım.

Saçlarımı hızla topuz yapıp gözlüğümü düzelttim.

Tekrar giyindiğimde yanağımı avuçlayıp bana gülümsedi.

"Şimdi, aradığım kitap hakkında..."

Boğazımı temizleyip raftan rastgele bir kitap çıkardım.

"Sanırım istediğiniz şey buydu efendim. Tüm bu süre boyunca göz önündeydi."

"Ne kadar haklısınız hanımefendi. İhtiyacınız olduğunda işinin ehli bir kütüphanecinin orada olmasına çok sevindim."

"Ne zaman isterseniz efendim" diyerek gülümsedim ve raflardan ayrıldım. "Ne zaman istersen, ihtiyacın olan her konuda sana hizmet etmek için buradayım."

CİNSEL ARZU

Aşkım, bilgisayarının başına oturup kedi gibi bir görüntü, görsel bir parça göstermeni istiyorum.

Yüz ve vücut değil, sadece dizler bükülmüş ve bacaklar açılmış.

Vajinal dudakları hafifçe ayıran uzun ve güzel, zarif parmaklarla.

İçeri girdiğimi ve bu masaya tamamen giyinik bir şekilde oturduğumu hayal edin.

yüksek topuklu, bilekleri saran, sivri uçlu siyah deri ayakkabılarla iki yanınıza yerleştiriyorum.

Sen arkana yaslanıp gülümsüyorsun, ben de gülümseyerek geriye yaslanıyorum.

İnce, ipeksi siyah elbisemi kaldırıyorum ve külotumun olmadığını, ıslaklığımın yarığımdaki parıltısının şimdiden farkedildiğini görüyorsunuz.

Çorapların da takıldığı siyah korsenin ucunu göreceksiniz.

Elbisemi iki elimle yukarı kaldırıp başımın üzerine çekiyorum ve sadece birkaç santimetre genişliğindeki deri korseyi karşıma çıkarıyorum.

Meme uçlarım dik ve yüksek, üstelik dışarı doğru çıkıntılı.

Sen eğiliyorsun ama ben seninle oynamak için buradayım ve seni olduğun yerde tutmak için sivri uçlu ayakkabılarımı kullanıyorum.

Pantolonundan çıkması gereken, gözle görülür derecede büyüyen bir horoz görüyorum ve sizden onların düğmelerini açmanızı istiyorum.

Sen pantolonunu aşağı doğru kaydırırken ben de dilimi dudaklarımın uzunluğu boyunca gezdiriyorum, gülümsüyorum.

Sikinizin başı boxerınızın dışına çıkıyor ve onun da biraz zorlu bir parlaklığı var.

İyi bir nedenden dolayı böyledir.

Sertleşmiş sikinin bu görüntüsü aniden beni tahrik ediyor ve senden beni yalamanı istiyorum.

Öne doğru eğilip klitorisimi bulmak için dudaklarımı hafifçe araladın.

Ağzınıza alırsınız, böylece biraz daha dışarı çıkar.

Beni harekete geçirmek için dilinin dokunuşuna ihtiyacım vardı.

Ben rahatlarken sizden sikinizi diğer elinize alıp hafifçe okşamanızı rica ediyorum.

Yapıyorsun ama daha fazlasına ihtiyacın olduğunu söyleyebilirim, bu yeterli değil.

Seni tamamen ağzıma almak için dizlerimin üstüne çökmeye zorluyorum, tabandan yukarıya, yukarıdan aşağıya ve tekrar taşaklara doğru dönüşümlü olarak yalıyorum, kasık yerinin içini yalıyorum.

Diz çöktüğümde gördüklerin hoşuna gidiyor, kıçım birkaç santim genişliğinde ve anüsüm sıkı ve çekici.

Tekrar ayağa kalkıyorum çünkü doruğa çok yaklaşıyorum.

Seni ayağa kaldırıyorum ve pantolonun dizlerinin üstüne kadar iniyor.

hala ayağında , kravatın hala bağlı ama gömleğinin düğmeleri tamamen açık.

Cildinin mümkün olduğu kadar çoğunu görme ihtiyacını seviyorum.

Artık ayakta olduğunuza göre sizden bana sırtınızı dönmenizi rica ediyorum .

Bacaklarını arkanda diz çökebileceğim kadar aç.

Dilim bacaklarını yalıyor, taşaklarını yalıyor ve hatta kıçının çatlağını yalıyor, dilimi yalıyor ve dilimi anüsünün etrafında döndürüyor.

Çantamdan bir vibratör çıkarıp senin üzerinde kullanıp kullanamayacağımı soruyorum ama sen cevap vermeden önce onu derinin üzerine koyuyorum.

Her şey yağlansın diye ağzımla kıçının her yerine tükürük bırakıyorum.

Düşük hıza alıp taşaklarınızın üzerinden, toplarınızla kıç deliğiniz arasında çalıştırıyorum.

Diğer elim bacaklarınızın arasına girip sikinizi yakalıyor, okşuyor ve yelpazeliyor.

Vibratör kıçınızda iyi hissettiriyor.

Anüsünüzün yanına koyup iki uçtan birini, ince olanı, benim de favorim olanını kaydırıyorum.

Bu içeri giriyor ve diğer ucunu yine merkeze doğru, toplarınızın arkasına koyuyorum ve bu hissin sizi nasıl başka bir seviyeye taşıdığını izliyorum.

Ellerin masayı tutuyor ve gözlerin kapalı, yapmak istediğim her şeye teslim oluyor.

Ama ben böyle kalıyorum, biraz okşuyorum ve vızıltıların daha sonra ne olacağını merak etmeni sağlamasına izin veriyorum.

Aniden duruyorum ve sana arkanı dönmeni söylüyorum.

Bunu yapıyorsun ve yüzün kızarıyor.

Bundan gerçekten keyif alıyordunuz ve istediğiniz duruma yaklaşıyordunuz.

Ama seni tekrar ağzıma götürmek için yavaşlamayı tercih ederim.

Cehennem kadar ateşliyim ve biraz kontrolümü kaybediyorum.

Bu yüzden seni tekrar oturtuyorum ve önünde diz çöküyorum ve kendini okşamanı istiyorum ama yavaşça.

"Kendini okşa aşkım."

Önünde diz çöküp topuklarımın üzerinde geriye yaslanırken.

Vibratörü açıp vajinamın dışına, klitorise sürüyorum.

Bu benim orgazma ulaşmam bir saniyeden az sürüyor.

Bacaklarımı ve dizlerimi ayırdım ve başımı geriye yasladım, ellerimle amımı açtım ve orgazm kaslarımın hareket ettiğini görmenizi istedim.

İşim bitene ve kendi meyve sularım dışarı dökülene kadar vibratörü tutuyorum.

Sana bakıyorum ve sen mastürbasyon yapıyorsun, temponu artırıyorsun.

Hızın hızlandı ve o kadar heyecan verici ki dizlerimin üzerinde duruyorum, yüzüme ve göğsümün her yerine boşalman için sana yalvarıyorum.

Ve evet, kesinlikle bunu böyle yapıyorsunuz.

Sütünün jetlerinin bana doğru nasıl çıktığını görüyorum.

Ama sonunda bilgisayar ekranına ve klavyeye fışkırtıyorsunuz .

Başka bir zamana kadar vedalaşıyoruz ve siz web kamerasını kapatıyorsunuz.

HOŞGELDİNİZ NEM

Glenn zorlu bir iş gününün ardından eve gelir ve evrak çantasıyla paltosunu kapının yanında bırakır.

Evin alışılmadık derecede sessiz olduğunu fark ediyor ama buna pek aldırış etmiyor ve yatak odasına gidiyor.

Merdivenlerden yukarı çıkarken çok sevdiği eşi Susan'ın parfümünün harika kokusunu duyuyor.

Sahanlığa ulaştığında, odasının kapısından belli belirsiz sızan hafif müzik seslerini duyuyor.

Ses çıkarmamaya dikkat ederek kapıyı yavaşça açar.

"Susan mı?" Oldukça kalın bir erkek sesiyle konuşuyor.

Kapı daha da genişledikçe yatakta yatan çıplak vücudunun görüntüsü onu ürpertiyor.

"Evet bebek." diyor boğucu bir sesle.

Yatağa doğru yürümeye başlar ama kadın ona durmasını söyler.

Şaşkınlıkla, aklında bir şey olduğunu bilerek kendisine söyleneni yapıyor.

Yataktan kalkıyor.

Vücudu büyük bir zarafetle hareket ediyor.

Kadın ona doğru yürürken hafifçe hareket eden lezzetli göğsüne takılıp kalmaktan kendini alamaz.

Düşünceleri geçtikçe sikinin sertleştiğini hissediyor

"O kadar güzel ki".

Ellerini uzatıp kemerini çözüyor.

Ayrıca pantolonunun düğmelerini açıp indiriyor.

Bu onu heyecandan titretiyor.

için gülümsüyor ve sert organını emmek için aç bir istekle boksörünü aşağı çekiyor.

Ellerini yavaşça onun artık dikleşmiş olan aletinin üzerine yerleştiriyor ve yavaşça okşuyor.

Daha sonra dilini çıkarır ve ağzına koymadan önce kafayı yalar.

Sert horozunu emmeye başladığında inliyor.

Ağzına giderek daha hızlı girip çıkıyor.

Sonra yavaş yavaş düşük tempoya dönüyor ve eliyle okşayarak dilini başın etrafında döndürüyor.

Kadının eli penisinin pembe başını okşarken inliyor.

Sonra taşaklarını horozunun ucuna kadar yalıyor.

Ağzından çıkardı ve gömleğini çıkarırken onu tutkuyla öpmek için ayağa kalktı.

Sıcak kollarını ona doladı, onu kendine doğru çekti, göğüslerinin göğsüne baskı yaptığını hissetti.

Öpüşürken elleri vücudunda geziniyor, yumuşak tenini parmak uçlarının altında hissediyor.

Elleri kıçının üzerinde geziniyor ve sertçe sıkıyor.

Bacaklarını beline dolayarak onu kıçından kaldırdı ve yatağa doğru ilerledi.

Onu yavaşça yere yatırır ve üzerine çıkar.

Onu boynuna ve göğsüne kadar derinden öpüyor.

Yavaşça sağ göğsünün etrafını yalayarak artık dikleşen meme ucuna yaklaşıyor.

Meme ucunu ağzına yerleştirip emiyor ve yavaşça ısırıyor.

Diğer memeye doğru uzanıp klitorisini ovmaya başlıyor, bu da onun nefes almasının artmasına ve hafifçe inlemeye başlamasına neden oluyor.

Göbeğine odaklanarak karnını öperken daha hızlı ovuşturdu.

Çok ıslandığını hissediyor ve nefesi hızlanıyor.

Onun sevimli tümseğini öpüyor ve ardından parmaklarını diliyle değiştiriyor.

Yavaşça klitorisini emiyor ve ısırıyor.

Bu onu bir zevk dalgasına sürükler, inler.

Daha sonra şişmiş kedi dudaklarının arasından geçen o gizli, kaygan noktaya parmağını sokuyor.

Parmağını yavaşça içeri ve dışarı kaydırıyor ve kadın inlerken hızla başka bir parmağını sokuyor.

Adam onun klitorisini emmeye konsantre olmaya devam ederken, parmakları onun içinde onu kesinlikle deli ettiğini bildiği o özel yere dokunuyor.

Yüksek sesle inliyor ve sağ bacağından yukarıya doğru, vücudunun çevresinden sol bacağına doğru bir karıncalanma hissi hissediyor.

"Bebeğim!" "Bu çok iyi hissettiriyor!" diye inliyor.

Glenn, eğer böyle devam ederse kesinlikle sınırı aşacağını biliyor, bu yüzden yavaşlıyor ve ağzını yutmak için onu öpüyor.

Tutkulu bir öpücük paylaşıyorlar.

Dilleri birlikte dans ediyor.

Parmaklarını artık sırılsıklam olmuş amcıktan çekerek sağ göğsüne masaj yapmaya başlıyor.

İnlemeleri öpücüklerle bastırılmıştı.

Öpücük kesilir ve kulağına fısıldıyor:

"Sana içimde ihtiyacım var bebeğim."

Sert sikinin sevgilisinin ıslak amına kaydığının söylenmesi onun şehvetle homurdanmasına neden oluyor ve onun üzerine çıkıyor.

Bacaklarını kalçalarıyla açarak ona girecek şekilde pozisyon aldı.

Onunla oynayarak sadece kafasını sokuyor ve sonra yavaşça geri çekiliyor.

"Lütfen hepsini bana ver." Kadın ona yalvarır ama o galip gelir ve oyunun hızına ayak uydurur, yalnızca bahşişi yerleştirir ve kadın inlemeye başladığında onu geri çeker.

Sonunda, beklenmedik bir anda, sert organını, çığlık attırmak için sonuna kadar iter.

Uzun, sert vuruşlarla yavaşça içeri ve dışarı doğru itmeye başlıyor.

Daha derin nüfuz için kıçını daha sert ve daha hızlı çekmeye başlar .

"Aman Tanrım, içimde çok iyi hissediyorsun. Amımı siktiğinde seni çok seviyorum."

Bunun üzerine homurdanır ve aniden geri çekilir.

Ona geri dönmesini işaret ediyor ve o da bunu büyük bir heyecanla hızla yapıyor.

Ona arkadan girmenin en sevdiği pozisyonlardan biri olduğunu biliyor ve bunu ona bu şekilde vermeyi de seviyor.

Aletini ona sokar ve sert ve hızlı bir şekilde itmeye başlar.

Yüksek sesle inliyor, ona daha yüksek sesle söylüyor.

Sevgili karısını sikmeyi seviyor, bu yüzden ona karşı daha da sert davranmaya başlıyor.

Vücudu ve taşakları artık onun kırmızı kıçına çarpıyordu.

Onun itişlerine geri adım atmaya başlıyor ve horozunun daha da derinlere inmesini sağlıyor.

İkisi de zevkle inliyorlar.

"Ah, boşalacağım bebeğim. Boşalmam için hazır mısın?"

"Ah evet bebeğim, ben de boşalacağım."

Birkaç vuruş daha ve Susan zevkle çığlık atıyor ve orgazmı onu bunaltırken vücudu sarsılmaya başlıyor.

Glenn, amının duvarlarının sikini sağmaya başladığını hissediyor ve buna daha fazla dayanamıyor.

Adını hırlayarak, sıcak boşalmasını şimdi kremsi ve ıslak kedinin derinliklerine vuruyor.

Patlamanın etkisiyle bitkin düşen Susan, dirseklerinin üzerinde dinleniyor ve adamın kendisine birkaç kez daha sperm attığını hissediyor.

Memnun olmuş ve onun üzerine düşmemeye çalışarak yavaşça amından uzaklaşıyor ve onu belinden yakalayıp kendisiyle birlikte yatağa çekiyor.

Birbirlerinin gözlerinin içine bakıyorlar, her ikisi de sadece birkaç saniye önce vücutlarından geçen güçlü orgazm yüzünden gölgelenmiş durumdalar.

İkisi birbirlerinin kollarında uykuya dalarken, odada karşılıklı bilginin tatmini sürüyor.

OLAY İÇİN GİYDİRİLDİ

Gecenin sessizliği etrafını sardı, dinginliğiyle üzerine baskı yapıyor, endişesini gidermeye çalışıyordu.

Ancak bu onu sakinleştiremedi.

Alışık olmadığı ve daha önce hiç yaşamadığı dizginsiz duygular vücuduna hücum ederek onu tedirgin ediyordu.

Gökyüzüne bakarken topukları asfalt yolda hafifçe tıkırdadı.

Bu gece neden oraya gidiyorsun?

Neden böyle giyinmişti?

Bakışlarının onun üzerinde sahip olduğu gücü hissedebiliyordu .

İçini çekti ve bu gece olabilecek olayları düşünmeyi bırakmasına izin verdi.

* * *

Binaya girdiğinde sanki bütün gözler onun üzerindeymiş gibi hissetti.

Dans pistini geçip bara yaklaşırken stilettoları parke zeminde tıkırdıyordu.

Kırmızı ve siyah kıyafetinin eteği her adımda bir yandan diğer yana sallanıyordu, kırmızı şerit dizine doğru akıyor, siyah şerit ise dizinin birkaç santim üzerinde duruyordu.

Bluz omuzlarından göğüslerine kadar gevşek bir şekilde sarkıyor, attığı her adımda dikkat çekecek kadar zıplıyor ve cildini cömertçe gösteriyordu.

Ve sutyen olmadan.

Bu kıyafetle nasıl göründüğünü biliyordu.

Sürtük gibi görünüyordu.

Görünümünü boynundaki siyah dantel gerdanlık ve sadece bir miktar kırmızı rujla tamamlamıştı .

Bir erkekle bir kadının arasına oturdu ve garsona gülümsedi.

"Merhaba James."

"Samy. Seni tekrar görmek güzel." Gözlerini yavaşça yüzünde ve göğüslerinde gezdirdi. "Aslında çok iyi. Peki bu fırsat kimin için?"

Başını salladı ve gülümsedi, buklelerden bir tutamın kulağının üzerine düşmesine neden oldu.

"Hiçbir fırsat yok. İçimden böyle giyinmek geldi."

Barın üzerinden uzanıp bukleyi kulağının arkasına sıkıştırdı.

Parmakları yanağını okşuyordu ve neredeyse nefes almayı unutuyordu.

"Daha sık böyle giyinmelisin."

"Belki yaparım."

"Bu gece on bir civarında işten çıkacağım. Sonrasında dans etmek ister misin?"

Bakışlarını ondan alamayarak yavaşça başını salladı.

Çok yavaş bir kesinlikle barın üzerinden eğildi ve dudaklarını onun dudaklarına götürdü, geri çekilmeden önce öpücüğünü daha fazlasını istemesine yetecek kadar derinleştirdi.

"Yaklaşık yirmi dakika."

***

Bu yirmi dakika, Samy'nin hayatında hiç bu kadar uzun gelmemişti.

Ona bakmadan bile yaptığı her hareketin farkında olarak etrafındaki her şeyi sürekli izliyordu.

Sanki duyuları vücuduna uyum sağlamış gibiydi ama omzunun arkasına dokunduğunda hâlâ sıçrıyordu.

Siyah gömleğinin yakasını çözmüştü ve elini uzatarak ona gülümsüyordu.

"Sanırım bana bir dans borçlusun."

Elini onun eline koyduğunda sanki vücudundan küçük bir elektrik akımı geçiyormuş gibiydi.

Onu dans pistinin bir köşesine götürürken gülümsedi ve şarkı değişirken onu kendi vücuduna doğru çekti.

Yavaş ve baştan çıkarıcıydı ve ona bastırırken adamın ritmi kalbinin ritmiyle eşleşiyor gibiydi.

Ve böylece yumuşak vücuduna karşı dalgalanan sert hatların son derece farkındaydı.

Kollarını onun etrafında kaydırdı, ileri geri sallanırken ellerini onun yumuşak arka kıvrımlarına bastırdı.

Eğildi ve dudaklarını onunkilere bastırdı, yavaşça araladı ve diliyle onu baştan çıkardı.

Eli onun sırtının daha aşağılarına kaydı, kalçasına dayandı, vücudunun alt kısmını kendikine doğru çekerken kıçının bir yanağını okşayacak kadar aşağı kaydı.

Onun kendisine ne kadar sert baskı yaptığını hissettiğinde nefesi kesildi ve onun inlediğini duyduğuna yemin edebilirdi.

Ama tam bunu yaptığı sırada diğer garson ona seslendi ve o da içini çekerek başını geriye doğru eğdi.

"Samy...Hemen döneceğim. Yemin ederim döneceğim. Hiçbir yere gitme."

Dans pistinden uzaklaşıp tenha bir kabine doğru yürürken biraz aptalca başını salladı.

James'in bara geri dönüp tekrar üzerine eğilip Joseph'le konuşmasını izledi.

Joseph gecenin yedek barmeniydi.

James emekli olduğunda her zaman görevi devraldı.

Uzun boylu, uzun bacaklı bir sarışının onlara katıldığını görünce bir şeyin farkına vardı.

O öyle bir kız değildi.

Ne yaptığım hakkında hiçbir fikrim yoktu.

James her zaman her kıza, her uzun boylu, sarışın, süper seksi kıza sahip olan türden bir adamdı.

Kısa boylu, esmer ve Latin kökenliydi.

Koşmayı bıraktı.

Olabildiğince hızlı ve sessizce.

Kapıya doğru yöneldi ve omzunun üzerinden baktığında sarışının James'e yaklaştığını ve parmaklarını onun kolunda gezdirdiğini gördü.

İçini çekti ve yoluna devam ederken başını salladı.

Durup düşünmek iyi olmaz.

Ayakları topuklarından dolayı acımaya başlamıştı, bu yüzden onları çıkardı ve arnavut kaldırımlı yoldan uzaklaşarak ayaklarının onu çok iyi tanıdığı nehrin kenarına doğru yönlendirmesine izin verdi.

Ayaklarını nehrin kıyısına soktu ve uzun süre suya baktı.

"Ne düşünüyordum?" Sonunda mırıldandı.

"Bilmek istediğim şey bu."

Arkasını döndüğünde neredeyse çığlık atacaktı.

James onun arkasında duruyordu, kollarını öfkeyle kavuşturmuş ve kaşlarını çatmıştı.

Ancak kaşlarını çatmasının yerini yavaş yavaş şaşkınlık ve endişe ifadesi aldı.

"Samy, ağlıyorsun. Sorun ne?"

Bakışlarını ondan kaçırdı ve nehrin diğer çimenli kıyısına doğru geçti.

"Bunu yapmamalıydım. Bu gece bara böyle giyinerek gelmemeliydim. Bir şansım olduğunu düşünmemeliydim ."

"Samy sen neden bahsediyorsun?"

Yanına gidip elini omzuna koydu.

Titriyordu, üşüyordu.

Aceleyle ceketini çıkardı ve omuzlarına attı, kollarını ovuşturmak için arkasına geçti.

"Orada çok güzel görünüyordun. Sanırım içeri girdiğinde nasıl nefes almam gerektiğini unuttum."

"Genellikle birlikte olduğun kadınları gördüm. Ben onlar gibi değilim James. Zarif ya da süper seksi değilim. Sarışın değilim, uzun boylu değilim, uzun bacaklı değilim ya da mükemmel bir vücuda sahip değilim. onlar gibi. Benim bir çözümüm yok . "Buna karşı. Ne yaptığımı bile bilmiyordum." Fısıltıyla bitirdi.

"Gerçekten mi? Beni orada kandırabilirdin."

Onu kendisine doğru çevirdi ve öne doğru eğilerek dudaklarını boynuna bastırdı.

Ürperdi.

"Dans pistinde beni kendine bastırdığında vücudun mükemmel hissetti."

Uzanıp göğsünü avuçladı ve bluzunun üzerinden göğüs ucunun dış hatlarını takip etti.

Bu onun biraz ürpermesine neden oldu.

"Biz öpüşürken ve birbirimize baskı yaparken kesinlikle ne yapmak istediklerini biliyor gibiydiler."

Üzerine eğildi ve yerde yatana kadar onu aşağıya doğru zorladı.

"İzin ver sana göstereyim Samy. Sana düşündüğünden daha fazlası olduğunu göstereyim."

Dudakları onun boynuna ve göğüslerini örten ince bluzun üzerine kaymadan önce onunkilere doğru kaydı.

Adamın dudakları önce bir meme ucunu, sonra diğerini bulduğunda nefesi boğazında kaldı ve kadın ona doğru eğilirken onları yavaşça emdi.

Parmakları ustaca gömleğinin eteğini buldu ve yavaşça yukarı çekmeye başladı, ortaya çıkan teniyle alay etti.

Onu göğüslerinin üzerinden kaldırdı ve sağ göğsünü öpüp teninin tadına bakarken hemen üstlerinde tuttu.

James sonunda dudaklarını göğsünün tepesine getirdiğinde, meme ucunu dişlerinin arasına alıp emmeden önce yavaşça çektiğinde inledi.

Adamın eli diğer göğsünü yoğurmaya başladığında daha da yüksek sesle inledi ve avucunu defalarca meme ucunun üzerinde gezdirdi.

"Anlıyorsun?" Onun tenine doğru nefes aldı. "Sen mükemmel bir kadınsın".

Aşağıya doğru giderken diliyle göbeğinin çevresinde daireler çizerek onu öpmeye başladı .

James eteğine uzanırken ona gülümsedi ve onu aşağı çekmek yerine yukarı itti.

Ön kısmı geriye doğru katlandı ve bir sonraki an, külotunun üzerindeki sıcak tümseğe yumuşak, şakacı öpücükler bırakmaya başladı.

Zaten ıslaktı.

Burnunu ona sürttüğünde onu külotunun üzerinden hissedebiliyordu.

Kadın onun altında titriyordu ve o da dişlerini kullanarak külotunu aşağı doğru kaydırırken parmaklarını yavaşça yukarı ve aşağı okşadı.

Dudakları ile kedisi arasında hiçbir engel olmadan onu tekrar öptü.

Adam dilini onun yarığı boyunca kaydırmaya başladı ve kız inledi, kalçaları çılgınca kavisliydi, böylece dilini ona iyice bastırıp klitorisinin üzerinde gezdirdi.

Samy inledi ve diline doğru eğildi; adam dişlerini klitorisine sürtüp bir parmağını içine kaydırırken zevk onun içinden akıyordu.

"Yalan söyledim," diye klitorisine doğru nefes verdi. "Nasıl nefes alacağımı unutmadım."

James yavaşça onun klitorisini emdi, parmağı onun sıkılığına girip çıkıyordu.

Daha önce sana bakarken neredeyse pantolonumu giyiyordum ."

Parmakları saçlarını kavradı ve ikinci parmağını onun içine kaydırırken, dilini onun vücudu ağzının altında titreyene kadar tekrar tekrar klitorisinin üzerinde gezdirirken, amının karşısında gülümsedi.

Parmakları onu içeri ve dışarı okşadı, onu heyecanlandırdı, vücudunu, eline ve diline doğru sallanıncaya kadar tepki vermeye ikna etti.

"James," elinde kıvranırken sesi neredeyse titriyordu. "Lütfen artık durma!"

Sözleri yumuşak, bilmiş bir ses tonuyla çıktı ama kız zevkle çığlık atarken sesi hızla yükseldi.

Adam onun klitorisini nazikçe ısırıyordu ve şimdi sertçe emiyor, parmakları onun doruğa ulaşması için sertçe içeri doğru itiyordu.

Heyecanla onun meyve sularını yudumladı ve vücudunun titremesi yavaşladığında,

Bitirdiğinde onun üstüne çıktı.

Gülümsedi ve alnını onun alnına yasladı, gözlerinin içine bakarken vücudunun onunkine değmesine izin verdi.

"Sana söyledim, sen de onlar kadar, hatta daha fazla bir kadınsın."

James'in gözlerine bakarken gözleri şüphe uyandıracak bir şekilde parladı ama sonra parmaklarını göğsünün üzerinden pantolonunun sert çıkıntısına doğru gezdirdi.

"Bu yüzden mi bu kadar zorlanıyorsun?

Çünkü ben de onlar gibi bir kadınım ?"

Parmakları onun aletine doğru yukarı aşağı hareket ediyordu ve adam dudaklarından kayıp giden inlemeye engel olamadı.

Ancak dudakları onunkileri bulduğunda ve tüm düşünceler zihninden silindiğinden cevap verme şansı yoktu.

Parmakları göğsüne kaydı ve ustalıkla gömleğinin düğmelerini çözmeye başladı.

Hızla pantolonundan çıkardı ve gömleğini tamamen çıkarırken onu yana doğru itti.

Pantolonunun düğmesi hızla açıldı ve fermuar neredeyse kendiliğinden kaydı.

Pantolonunu ve boxerını penisini serbest bırakacak kadar indirdi ve küçük elini etrafına sardı, yavaşça okşadı ki adam inledi ve hevesle onun eline bastırdı.

Sinirle inledi ve ayağa kalktı, tek hareketle pantolonunu ve boxerını çıkardı ve yüzünü ona çevirdi.

Artık dizlerinin üzerindeydi ve elini bir kez daha onun etrafına dolarken ona gülümsedi.

Adam onun üzerine eğildi, onu yavaşça okşadı, gözlerini kapattı.

Ancak bir sonraki anda, dudakları onun sikinin etrafına sarıldığında, onları yavaşça sert organının yukarı ve aşağı hareket ettirdiği sırada onları ayırdı.

Şimdi ellerini başının arkasına koydu ve onu yavaşça ağzının içine ve dışına itmeye başladı, kadın her hareketiyle onu emerken inliyordu.

Nazik vuruşların hızlı ve kısa olması uzun sürmedi; Samy, başını hareket ettirdikçe onu daha da sert emiyordu.

Eli onun toplarını okşuyor, ağzını onun etrafında sıkarken onları ileri geri yuvarlıyordu.

Diliyle horozunun başında oynarken adam ağzında patladı.

Adam yükünü kendisine gönderirken hızla yutkundu, ağzını ve boğazını onun aletine doğru bastırdı ve sonunda kendini tüketene kadar onun daha da sertleşmesine ve daha fazla hamle yapmasına neden oldu.

Horozu yavaşça ağzından çıkardı ve bakışlarının yere düşmesine izin verdi.

Önünde diz çöktü ve elini yanağına koydu.

James'in parmağı yüzünün kenarında gezinip parmağını çenesinin altına daldırıp gözlerini kendisine kaldırdığında sadece bir adım uzaktaydılar.

"Henüz işimiz bitmedi."

Sesi o kadar alçaktı ki, ona hayretle bakarken omurgasından aşağı ürpertiler gönderdi.

Eğilip dudaklarını ona bastırdı ve öpücüğü hızla derinleştirdi.

Dili dudaklarının arasından kayarken, bir el arkasından kaydı ve onu ete kemiğe büründürecek şekilde kendisine doğru çekti.

Meme uçları mutlulukla adamın göğsüne baskı yapıyordu ve yeni ereksiyon, alt karın kaslarına sert bir şekilde baskı yapıyordu.

Hareket etti ve vücudunu yavaşça ona sürttü, öpüşmeleri hararetli bir hal alırken inlemesine neden oldu.

Onu geriye yatırıp eteğini bacaklarından yukarı kaydırdı.

Hareket etmeden önce uzun bir süre ona baktı.

Tekrar onun üzerine eğildi ve göbeğinin hemen üstüne, karnına hafif bir öpücük kondurdu.

Onun sıcak tenine gülümsedi ve önceki hareketlerini tersine çevirerek yukarıya doğru öpmeye başladı.

Dudakları göğüslerine hafifçe dokunduktan sonra boynuna yerleşip kalp atışlarını okşadı.

Bacaklarının arasında zonkluyordu, kadın bacaklarını beline doladığında ve kendisi de kollarını ona doladığında penisi ıslak yarığına baskı yapıyordu.

James hızlı bir hareketle onun kucağına oturuyordu ve mümkünse aletini ona daha da bastırıyordu.

Biraz kıvrandı ve o da inledi.

Onu kulağının hemen altına ulaşana kadar öptü ve yavaşça memesini çekiştirdi.

"Söyle bana Samy, istiyor musun?"

Nefesi tenine karşı sıcaktı ve titredi.

"Büyük, sert aletimin içine gömülmesini ister misin?"

Kendini ona sürttüğünde Samy'nin cevabı neredeyse bir inilti gibi geldi.

"Evet. Lütfen James, bunu ne zamandan beri istiyordum..." ama o hemen durdu, yanaklarında hâlâ bir kızarıklık vardı ve başka tarafa baktı.

James'in bu konuda hiçbir fikri yoktu.

Bakışlarını zorla ona çevirdi ve ereksiyonunu ona dayadı.

"Söylediğin şeyi bitir."

İnledi ve tırnakları hafifçe tenine battı.

"Seninle tanıştığımdan beri bunu istiyordum."

"O zaman bana bunu ne kadar çok istediğini söyle."

Bu bir talep değildi, daha çok parmaklarını göğüslerinin üzerinde kaydırıp etini yavaşça yoğururken bir ricaydı.

Onun sıcaklığının aletine doğru yayıldığını hissedebiliyordu ve onu dışarı atıp almak için yapamayacağı her şeyi yapıyordu.

Cevabı onu şaşırttı ve kullandığı tüm öz kontrolü paramparça etti.

"İstemiyorum. Ona ihtiyacım var James."

Artık gözleri onunkilere kilitlenmişti ve kendini daha sıkı bastırırken adam da yumuşak bir şekilde tenine doğru inledi.

"Buna o kadar ihtiyacım var ki, uzun zamandır bunun hayalini kuruyordum. Lütfen. Beni becermene ihtiyacım var."

Bunu artık onu inkar edemezdim.

Bundan sonra daha fazla dayanamadı.

Horozunun başı açıklığına bastırılana kadar onu kaldırdı ve ardından hızla üzerine bıraktı.

İkisi de inledi.

Amcığı sikinin etrafında o kadar sıkıydı ki, onu üyesi üzerinde yukarı ve aşağı hareket ettirmeye başladığında sert uzunluğu onun içinde daha da büyük görünüyordu.

İnledi ve bacaklarını kaldıraç olarak kullanarak adamın aletinin üzerinde zıplamaya başladı.

Göğüsleri özgürce ona doğru sıçradı ve öne doğru eğilip emmeye başladığında meme uçları ona işaret ediyordu.

İnledi ve aletinin üzerinde daha hızlı zıplamaya başladı, kendini tekrar tekrar itmeye başladı.

Dudakları onun meme uçlarıyla dalga geçiyor, onları içeri çekiyor ve emiyor, sonra dilini onların üzerinde gezdiriyor ve o zıplamalarıyla sallanırken kemiriyor, tenine doğru iniyor, ısırıklarıyla titreşimler gönderiyordu.

Amı o kadar ıslaktı ki, horozundan aşağı nem akıyordu ve kadın, yarığını kasıtlı olarak etrafındaki sıktığında inledi, bu da ona daha fazla direnmesine neden oldu.

Her ikisini de çimenlerin üzerinde sırt üstü yatacak şekilde eğdi ve aletini sert bir şekilde içeri ve dışarı vurmaya başladı.

Samy daha da yüksek sesle inledi, bir başka sert darbe onu doruğa geri getirirken tırnakları onu geriye doğru tarıyordu.

Sikinin etrafındaki sıkı spazm James'in de hızla boşalmasına neden oldu ve James ona daha da hızlı çarptı, sıcak boşalması uyluklarından aşağı dökülene kadar onu doldururken homurdandı.

Nefes nefese yan tarafa düştü.

Daha sonra onu kendine doğru çekerek yüzünün kenarına hafif öpücükler kondurdu.

"Şimdi, bunu tekrar yapacak kadar cesur olman için bir beş yıl daha geçmesi gerekecek mi?"

Gülümsedi ve dudaklarının kenarını öptü.

"Hiçbir zaman, James."

Samy gülümsedi ve dudaklarını onun dudaklarına sürttü.

"Güzel, çünkü ellerimi senden bir iki günden fazla uzak tutabileceğimi sanmıyorum."

Samy'nin kahkahası gölde yankılandı ve James doğrulup onu derinden öperken gülümsedi.

Bu kesinlikle çok ilginç bir şeyin başlangıcı olabilir.

BEKLENMEYEN RESEPSİYON

49

Glenn zorlu bir iş gününün ardından eve gelir ve evrak çantasıyla paltosunu kapının yanında bırakır.

Evin alışılmadık derecede sessiz olduğunu fark ediyor ama buna pek aldırış etmiyor ve yatak odasına gidiyor.

Merdivenlerden yukarı çıkarken çok sevdiği eşi Susan'ın parfümünün harika kokusunu duyuyor.

Sahanlığa ulaştığında, odasının kapısından belli belirsiz sızan hafif müzik seslerini duyuyor.

Ses çıkarmamaya dikkat ederek kapıyı yavaşça açar.

"Susan mı?" Oldukça kalın bir erkek sesiyle konuşuyor.

Kapı daha da genişledikçe yatakta yatan çıplak vücudunun görüntüsü onu ürpertiyor.

"Evet bebek." diyor boğucu bir sesle.

Yatağa doğru yürümeye başlar ama kadın ona durmasını söyler.

Şaşkınlıkla, aklında bir şey olduğunu bilerek kendisine söyleneni yapıyor.

Yataktan kalkıyor.

Vücudu büyük bir zarafetle hareket ediyor.

Kadın ona doğru yürürken hafifçe hareket eden lezzetli göğsüne takılıp kalmaktan kendini alamaz.

Düşünceleri geçtikçe sikinin sertleştiğini hissediyor

"O kadar güzel ki".

Ellerini uzatıp kemerini çözüyor.

Ayrıca pantolonunun düğmelerini açıp indiriyor.

Bu onu heyecandan titretiyor.

sert organını emmek için aç bir istekle boksörünü aşağı çekiyor .

Ellerini yavaşça onun artık dikleşmiş olan aletinin üzerine yerleştiriyor ve yavaşça okşuyor.

Daha sonra dilini çıkarır ve ağzına koymadan önce kafayı yalar.

Sert horozunu emmeye başladığında inliyor.

Ağzına giderek daha hızlı girip çıkıyor.

Sonra yavaş yavaş düşük tempoya dönüyor ve eliyle okşayarak dilini başın etrafında döndürüyor.

Kadının eli penisinin pembe başını okşarken inliyor.

Sonra taşaklarını horozunun ucuna kadar yalıyor.

Ağzından çıkardı ve gömleğini çıkarırken onu tutkuyla öpmek için ayağa kalktı.

Sıcak kollarını ona doladı, onu kendine doğru çekti, göğüslerinin göğsüne baskı yaptığını hissetti.

Öpüşürken elleri vücudunda geziniyor, yumuşak tenini parmak uçlarının altında hissediyor.

Elleri kıçının üzerinde geziniyor ve sertçe sıkıyor.

Bacaklarını beline dolayarak onu kıçından kaldırdı ve yatağa doğru ilerledi.

Onu yavaşça yere yatırır ve üzerine çıkar.

Onu boynuna ve göğsüne kadar derinden öpüyor.

Yavaşça sağ göğsünün etrafını yalayarak artık dikleşen meme ucuna yaklaşıyor.

Meme ucunu ağzına yerleştirip emiyor ve yavaşça ısırıyor.

Diğer memeye doğru uzanıp klitorisini ovmaya başlıyor, bu da onun nefes almasının artmasına ve hafifçe inlemeye başlamasına neden oluyor.

Göbeğine odaklanarak karnını öperken daha hızlı ovuşturdu.

Çok ıslandığını hissediyor ve nefesi hızlanıyor.

Onun sevimli tümseğini öpüyor ve ardından parmaklarını diliyle değiştiriyor.

Yavaşça klitorisini emiyor ve ısırıyor.

Bu onu bir zevk dalgasına sürükler, inler.

Daha sonra şişmiş kedi dudaklarının arasından geçen o gizli, kaygan noktaya parmağını sokuyor.

Parmağını yavaşça içeri ve dışarı kaydırıyor ve kadın inlerken hızla başka bir parmağını sokuyor.

Parmakları kadının içindeki, onu kesinlikle deli ettiğini bildiği o özel yere dokunurken, adam onun klitorisini emmeye konsantre olmaya devam ediyor.

Yüksek sesle inliyor ve sağ bacağından yukarıya doğru, vücudunun çevresinden sol bacağına doğru bir karıncalanma hissi hissediyor.

"Bebeğim!" "Bu çok iyi hissettiriyor!" diye inliyor.

Glenn, eğer böyle devam ederse kesinlikle sınırı aşacağını biliyor, bu yüzden yavaşlıyor ve ağzını yutmak için onu öpüyor.

Tutkulu bir öpücük paylaşıyorlar.

Dilleri birlikte dans ediyor.

Parmaklarını artık sırılsıklam olmuş amcıktan çekerek sağ göğsüne masaj yapmaya başlıyor.

İnlemeleri öpücüklerle bastırılmıştı.

Öpücük kesilir ve kulağına fısıldıyor:

"Sana içimde ihtiyacım var bebeğim."

Sert sikinin sevgilisinin ıslak amına kaydığının söylenmesi onun şehvetle homurdanmasına neden oluyor ve onun üzerine çıkıyor.

Bacaklarını kalçalarıyla açarak ona girecek şekilde pozisyon aldı.

Onunla oynayarak sadece kafasını sokuyor ve sonra yavaşça geri çekiliyor.

"Lütfen hepsini bana ver." Kadın ona yalvarır ama o galip gelir ve oyunun hızına ayak uydurur, yalnızca bahşişi yerleştirir ve kadın inlemeye başladığında onu geri çeker.

Sonunda, beklenmedik bir anda, sert organını, çığlık attırmak için sonuna kadar iter.

Uzun, sert vuruşlarla yavaşça içeri ve dışarı doğru itmeye başlıyor.

Daha derin nüfuz için kıçını daha sert ve daha hızlı çekmeye başlar .

"Aman Tanrım, içimde çok iyi hissediyorsun. Amımı siktiğinde seni çok seviyorum."

Bunun üzerine homurdanır ve aniden geri çekilir.

Ona geri dönmesini işaret ediyor ve o da bunu büyük bir heyecanla hızla yapıyor.

Ona arkadan girmenin en sevdiği pozisyonlardan biri olduğunu biliyor ve bunu ona bu şekilde vermeyi de seviyor.

Aletini ona sokar ve sert ve hızlı bir şekilde itmeye başlar.

Yüksek sesle inliyor, ona daha yüksek sesle söylüyor.

Sevgili karısını sikmeyi seviyor, bu yüzden ona karşı daha da sert davranmaya başlıyor.

Vücudu ve taşakları artık onun kırmızı kıçına çarpıyordu.

Onun itişlerine geri adım atmaya başlıyor ve horozunun daha da derinlere inmesini sağlıyor.

İkisi de zevkle inliyorlar.

"Ah, boşalacağım bebeğim. Boşalmam için hazır mısın?"

"Ah evet bebeğim, ben de boşalacağım."

Birkaç vuruş daha ve Susan zevkle çığlık atıyor ve orgazmı onu bunaltırken vücudu sarsılmaya başlıyor.

Glenn, amının duvarlarının sikini sağmaya başladığını hissediyor ve buna daha fazla dayanamıyor.

Adını hırlayarak, sıcak boşalmasını şimdi kremsi ve ıslak kedinin derinliklerine vuruyor.

Patlamanın etkisiyle bitkin düşen Susan, dirseklerinin üzerinde dinleniyor ve adamın kendisine birkaç kez daha sperm attığını hissediyor.

Memnun olmuş ve onun üzerine düşmemeye çalışarak yavaşça amından uzaklaşıyor ve onu belinden yakalayıp kendisiyle birlikte yatağa çekiyor.

Birbirlerinin gözlerinin içine bakıyorlar, her ikisi de sadece birkaç saniye önce vücutlarından geçen güçlü orgazm yüzünden gölgelenmiş durumdalar.

İkisi birbirlerinin kollarında uykuya dalarken, odada karşılıklı bilginin tatmini sürüyor.

HOŞNUTSUZ

55

Serin bir sabah.

İşe gitmem gerekiyor ama kalkacak gibi hissetmiyorum.

Burada yatarken seni sevmeyi düşünüyorum.

Bana baktığını, bana gülümsediğini görebiliyorum.

Kasıklarımda oluşan sıcaklığı şimdiden hissedebiliyorum.

Sanki gözlerin onu takip ediyormuş gibi elimi yavaşça göğüslerimin üzerinde kaydırıyorum.

Meme uçlarım anında tepki vererek sertleşiyor.

Bir meme ucunu yavaşça ağzıma çekmek için memeyi kaldırıyorum.

Dudaklarının diğer meme ucuna yaklaştığını hissettim ve dudaklarımdan derin bir inilti kaçtı.

Amımın içinden aşağıya doğru kaymaya başlayan suyu hissediyorum.

Ellerimi karnımın etrafında, sonra da karnıma doğru hareket ettiriyorum, ellerinin bana dokunduğunu hayal ediyorum.

Orta parmağımı yavaşça ıslaklığın ve sıcaklığın içine kaydırıyorum.

Sanki sikin içimde derinlere gömülmüş gibi parmağımı sıkıyorum.

Parmağımı içeri dışarı kaydırdığımda kalçalarım dairesel bir hareketle hareket etmeye başlıyor.

Parmağımın yaratılan duygudan daha fazlasını istediğini hissediyorum.

Avucumun içi şimdi amımdan çıkan sıvıyı yakaladı.

Avucumun tatlı tadını yalıyorum ve bunun senin lezzetli aletin olduğunu hayal ederek uzun parmağımı ağzıma kaydırıyorum.

Parmağımın ucunu sanki sikinizin başıymış gibi yavaş yavaş dilimle çevreliyorum.

Dilimi parmağımın üzerinde hareket ettiriyorum, her bir meyve suyunu yakalamak için onu çeviriyorum.

Dudaklarımı parmağımın tabanının etrafında sıkıca kapatıyorum, ağzımı uca doğru kaydırıyorum ve dilimi parmağımın üst kısmında gezdirmeye başlıyorum.

Sikinin ağzıma gömülü olduğunu ne sanıyorsun?

Başımın yukarı aşağı hareketini izliyorum, ağız kaslarım çalışırken seni boğazımın derinliklerine çekiyorum.

Ben senin aletini emiyorum ve benim meme uçlarımı emdiğini hissettiğim gibi sen de dilimin ve ağzımın seni emdiğini hissedebiliyorsun.

Dilim her yerde hareket ediyor , ıslak dudaklarım seni daha sert, daha hızlı ve daha derin emme ihtiyacıyla sürekli hareket ediyor.

İçime gömüldüğünü hissetme fikri beni çok heyecanlandırıyor.

Parmağımı alıp tekrar amımın içine kaydırıyorum ve ıslandığından emin oluyorum.

Parmağımı çıkarıp yarıklarımın her yerine sürüyorum ve daha fazla nem için tekrar batırıyorum.

Bu sefer arka deliğimi de ovuşturuyorum.

Yavaşça parmağımı içeri kaydırıyorum ve anında orgazm oluyor.

Beni parmaklarınla ve sikinle aynı anda sikmeni çok isterim.

Senin tarafından doldurulma fikrini seviyorum.

Yüzüstü yuvarlanıyorum ve iki elimle klitorisimi çalıştırmaya başlıyorum.

Ellerimi karnıma götürüp tatlı tümseğime sıkıca bastırdım.

O hissin başladığını hissedene kadar ellerimle kendimi sikiyorum.

Duygu derinlerde başlıyor ve tekrar boşalmaya gittiğimde beni sıkıyor.

Kalçalarımı daha hızlı hareket ettiriyorum, kendimi parmaklarımla sikerken ayaklarım içeride patlama ihtiyacıyla kıvrılıyor .

Tamamen doruğa ulaşıp patlarken uzun, derin, gırtlaktan bir inilti kaçıyor.

Yorgun bir halde sırt üstü yatıyorum, az önce yaşadıklarımı düşünüyorum ve kendimi yeniden uyarılmış buluyorum.

Kendime sürekli "Üzerimdeki bu büyü nedir?" diye soruyorum.

Hiçbir erkek beni senin kadar tahrik etmedi.

Seni aklımda görüyorum, ne kadar sevgi dolu ve seksi bir adam olduğunu.

Yumuşak, tatlı dudaklarını dudaklarımda hissedebiliyorum.

İpeksi dilinin dudaklarımı şekillendirmesi ve dişlerinin yumuşak ısırışı.

Dilin ağzımın derinliklerine kayıyor ve sana ne kadar aç olduğumu tadıyor.

Dilin benimkini çevreliyor ve tükürüğünün tatlı alışverişi benimkine karışıyor.

Kulağıma doğru hareket eden sıcak ağzını ve içeri doğru fırlayan dilin ucunun sıcaklığını hissedebiliyorum.

Adımın yumuşak fısıltısı tatlı kedimin içine bir boşalma akışı getiriyor ve ağzın sert, dik meme uçlarıma doğru hareket ediyor.

Dilin yavaşça sol meme ucumda daireler çiziyor ve çok yumuşak bir şekilde üflüyorsun.

Tepkisel sertliğim karşısında ağzını kapatıyorsun ve ben inliyorum.

Sağ elim göğüs uçlarımın üzerinde kaymaya başlıyor ve sizin ağzınızın nasıl bir his vereceğini taklit ederek göğüs ucunu nazikçe emmek için sol göğsümü ağzıma doğru kaldırıyorum.

Parmaklarım yavaşça kaburgalarımın üzerinden karnıma doğru kayıyor ve elimin uzun, ince parmakları tatlı klitorisime ulaşıyor.

Uçlar yavaşça düğmeye sürtünüyor ve orta parmağım, orada biriken nemi hissetmek için ilk eklemime doğru kayıyor.

Boşalmanızı serbest bırakmak ve avucumun içindeki bal suyunu yakalamak için parmağımı derinlere kaydırıyorum.

Seksin tadını ve kokusunu çıkararak avucumun suyunu yalıyorum.

Orta parmağımı ilk eklemime kadar ağzıma kaydırıyorum ve bunun senin sikinin başı olduğunu hayal ediyorum.

Dilim yavaş yavaş dönüyor, yine meyve suyunun tadına bakıyor ve dilimde tattığım şeyin senin precum olduğunu biliyorum.

Sıcak, ıslak ağzım sanki senin sıcak, şişmiş organınmış gibi parmağımın üzerinde kayıyor .

Ağzım tamamen kapanıyor ve sıkı ağzım ipeksi sikinizin hayali kafasını emerken uca doğru kayıyor.

Parmağımı ağzımda sikme hızını arttırdıkça, boşalma yükselmeye başladığında neredeyse taşaklarındaki gerilimi hissedebiliyorum.

Tam da bu düşünceyle, amımdan ıslaklığın kaydığını hissediyorum ve kendimi becermem gerektiğini biliyorum.

Hızla yüzüstü yuvarlanıyorum, ellerim amıma uzanıyor.

Onları sertçe tümseğime bastırıyorum, parmaklarımın uçları klitorisimi buluyor.

Ayak ve bacak kaslarım gerilmeye ve parmaklarım tatlı amımı çalıştırırken kalçalarım yavaşça dönmeye başlıyor.

Arkadan girişini izliyorum ve sikinin benim suyumla ıslandığını ve amımın içine girip çıkarken ıslaklıkla parıldadığını hayal ediyorum.

Ah, kahretsin, parmaklarım ve avuçlarım sertçe bastırırken... o kadar tahrik oluyorum ki... doruğa ulaşırken.

Ayaklarım ve bacaklarım kasılıyor, yoğunluktan bedenim titriyor.

Sırt üstü dönüyorum ve senin tatlı, zonklayan sikini döle susamış amımın içinde hayal ediyorum.

Amcık kaslarım sanki sikinizden spermi emiyormuşçasına kasılmaya devam ediyor.

Ve sonra evet, yarığımda yukarı aşağı kayan o sıcak dilini neredeyse hissedebiliyorum.

Ağzın benim amımın dudaklarının üzerine kapanıyor ve dilin hızlı hareketi beni ağzına boşaltıyor.

Ve ayağa kalkıyorsun, vücudumun üstüne oturuyorsun ve meni ile ıslanmış sikini ağzıma kaydırıyorsun.

Temiz bir şekilde emip yalarken karışık meyve sularımızın tadını çıkarıyorum.

Yatağa çöktüm, vücudum hâlâ titriyor ve karıncalanıyor.

Seninle bana ne kadar güzel bir duygu yaşatıyorsun.

SON

Don't miss out!

Visit the website below and you can sign up to receive emails whenever Erika Sanders publishes a new book. There's no charge and no obligation.

https://books2read.com/r/B-A-IGGS-RHTOC

BOOKS 2 READ

Connecting independent readers to independent writers.

www.ingramcontent.com/pod-product-compliance
Lightning Source LLC
Chambersburg PA
CBHW022115150726
47990CB00003B/1351